ERNEST PRAROND

A L'ENTRÉE

DE LA NUIT

DERNIERS VERS

ABBEVILLE
IMPRIMERIE A. LAFOSSE

1913

À L'ENTRÉE DE LA NUIT

DERNIERS VERS

I

ERNEST PRAROND

A L'ENTRÉE

DE LA NUIT

DERNIERS VERS

C'est une belle vie que celle d'Ernest Prarond : poète connu,
aimé des plus hauts et des plus sévères de sa génération ;
non amateur, mais artiste de métier infatigable, il fut en
même temps un érudit, fureteur de bibliothèques ; et il fut
aussi un bourgeois, un bourgeois de France et d'Abbeville,
utile et dévoué à son pays. Il fut homme de lettres et
homme de cheval (c'était le plus élégant des cavaliers) ;
compulsant des archives, composant des vers latins que n'eût
pas reniés un humaniste de la Renaissance, il ne se confinait
pas dans les livres, comme les myopes aux yeux courts, et
à l'esprit étroit : il abordait la vie et ses réalités en honnête

*homme, en citoyen de devoir, avec une belle aisance de
manières. En toute chose il apportait une âme généreuse et
virile, un cœur délicat, une sérénité acquise. Se rattachant
par son âge et par ses origines intellectuelles à la seconde
génération romantique, il ne reculait pas devant les
nouveautés, non les bizarreries faciles et fâcheuses, mais les
inventions qui laissent subsister l'essentiel de la tradition,
qui redorent la chaîne sans la rompre. Si la forme, chez
lui, offusque de loin en loin par quelque dureté ou quelque
audace, cela n'est jamais désir d'attirer l'attention du
public, d'étonner le lecteur. Non ! mais il était le contraire
de tant d'autres qui veulent produire (et surtout se produire)
et qui, n'ayant que peu ou point de sentiments et d'idées à
mettre dans leurs vers, y mettent des mots, beaucoup de
mots qui ne signifient guère ; Prarond, lui, était, pour
ainsi dire, débordé par la richesse de sa pensée. Il avait
l'imagination pleine de choses ; il voulait les exprimer vite
et toutes, avec précision et conscience ; il s'efforçait de faire*

entrer la matière dans le moule, pressant le sens, et rapprochant les mots, comprimant la phrase, et cependant, soucieux toujours d'orner l'idée, de l'embellir d'images et de couleur, de la parer de ce luxe et ce charme qui sont conditions de poésie. Il appelait alors à lui toutes les ressources de la langue, celles du passé et celles du présent ; car il connaissait à fond notre vieille littérature, et il n'ignorait pas la plus récente. Rare accord que celui d'un sentiment vif et profond et d'une ingéniosité que rien ne lasse ! La pensée philosophique et la fantaisie de l'artiste ne font pas toujours bon ménage ; Prarond sut les concilier. On se retrempe volontiers dans son œuvre, on s'y replonge, les jours où l'on veut méditer et sentir, goûter l'art et la beauté, se consoler de vivre. Sa carrière demeurera un grand exemple de probité littéraire ; s'il s'en dégage quelque tristesse, c'est que ses vers, ses poèmes variés et puissants ne soient pas connus davantage de la jeune génération. Mais la modestie, la pudeur du talent peuvent recevoir —

par delà la tombe — une récompense inattendue ; ayons la foi, et croyons que l'avenir mettra Ernest Prarond plus haut encore qu'au rang honorable où l'ont déjà placé ses contemporains. « Et ce sera justice », et voilà pourquoi je suis ému que la touchante piété de celle qui fut sa compagne intelligente et dévouée me permette d'exprimer ici mon admiration pour l'homme de bien cher à ses amis, et pour le poëte qui servit la Poésie d'un culte désintéressé, et qui lui apporta l'honneur d'une si belle et si longue offrande.

FRÉDÉRIC PLESSIS.

Paris, 6 Juin 1913.

LA VILLE

Il n'est pas de ville, si l'on fait
abstraction des habitants, qui n'offre
des motifs de poésie.

2

L'ANADYOMÈNE

Ce nom la piété païenne et filiale
L'offre à la ville sœur cadette du courlieu
Qui le premier la vit émerger du milieu,
Son domaine, où la mer buvait l'eau fluviale.

L'histoire la couvrant d'ombre immémoriale,
Nous la pouvons vieillir pour qu'elle naisse un peu
Ou renaisse par nous, ainsi que d'un flot bleu
Égéen, des fucus d'une île alluviale.

Elle était blonde alors ; sa tête n'eût osé

Ni pu se dresser haut sous un casque ardoisé ;

Le seigle lui prêtait un peu de l'or solaire.

Laborieusement elle grandit parmi

Les travaux primitifs, du travail à l'araire,

A demi maritime et terrienne à demi.

A UN BEFFROI

DE 1209

Ta pierre, jeune aux temps de Bouvines, clamait
La Loi conquise, orgueil des bourgeois nos ancêtres.
Tu demeures la tour indemne des salpêtres,
Sans brèches, bloc et roc de la base au sommet.

Alors qu'autour de toi la ville humble fumait,
Tu dominais de haut des horizons champêtres ;
Jamais depuis, sauf l'arc rompu de tes fenêtres,
Tu ne changeas, quand tout sous toi se transformait.

Héroïques les temps de tumulte où ta guette
Était l'œil sur les champs de la ville inquiète,
Où ta cloche appelait aux alertes, tandis

Que ton coffre gardait le vélin des franchises.
Vieux Capitole armé, bourgeois, des béhourdis,
J'offre ces vers à tes vénérables assises.

LA TOUR SAINT-FIRMIN

Sur la rue, autrefois clair miroir, un canal,
La tour penche et n'a rien cependant des ruines,
N'ayant souffert des vents ni des longues bruines,
·Et son chef porte intact, orgueil d'armorial,

Une mitre annexée au front oriental
De l'église ; elle est sourde aux paroles latines,
Mais l'étoile qui fuit lui chante les matines,
La tiare est boudoir non confessional.

Jeune, j'avais rêvé d'y conduire une amie
Qu'on nommait — c'était rêve aussi — Déidamie,
Et transformant de haut la Somme en l'Ilissus,

D'y faire un repas grec de sardines à l'huile,
De coquilles avec des oiseaux par-dessus,
Et de jeter de là mon dédain sur la ville.

GISELLE

An mil ...

Herbert, moine de Lihons, dit qu'ayant surpris Giselle, sa femme, en adultère avec Gothelon, chevalier vaillant, de belle taille et d'une figure agréable, il (Hugues d'Abbeville) se saisit de son épée et lui perça le cœur..... et qu'il le fit mourir quelque temps après de poison. — *Art de vérifier les dates.*

Le château de Hugues occupait l'emplacement du futur prieuré de Saint-Pierre, traversé d'un ruisseau et devenu en partie le jardin de la ville. — *Topographie d'Abbeville.*

Arbres, fleurs, vous surtout, eaux qu'effleure le vol

Éphémère de la princière demoiselle,

Parlez, témoins fictifs des temps morts ; que Giselle

Sur la source pérenne incline son beau col.

Giselle a pour époux Hugues dit d'Abbeville

Et pour père le roi de nom têtu, Capet.

Elle égaie elle seule, un peu, le parapet

Du château d'où sa vue erre au loin sur la ville,

3

Et dans l'enclos castral, solitaire à l'entour,
Les arbres causent seuls ; sous leur ombre une source
S'écoule à flot discret ; et l'eau hâte sa course
Pour fuir les ténébreux silences de la terre.

Le comte a des soucis ; il combat ; il prend Encre
Et Dommart ; il bâtit des forts, munit Montreuil
Au Nord, Centule à l'Est ; il surveille de l'œil
La baie ouverte où les pirates jettent l'ancre.

Il a des chevaliers dont aucun n'est félon ;
Mais il n'a lu qu'Artus, roi de la Table ronde,
Sut ce que vaut la foi la plus certaine au monde.
Lancelot ne lui fait agréer Gothelon.

Temps divers. Le sort doux à la reine Genièvre
Traite avec dureté la dame du Fayel,
Et la coupe d'amour où des rayons du ciel
Semblent trembler, souvent, tombe en touchant la lèvre.

Aimez, lieux qu'elle aima, la dame votre orgueil,
Cette fille de roi qui vit luire l'épée

De l'époux sur l'amant, et, d'un sang cher trempée,

But lentement la mort. — Fleurissez pour son deuil,

Violettes, lilas, vaillantes primevères,

Et vous toutes, de l'an premiers et derniers dons ;

Ayez, lys paternels, pour elle des pardons ;

Et vous, roses aussi, ne lui soyez sévères !

Elle n'a pas tenté la chanson des trouvères,

Mais Dante l'eût admise au cercle où, descendus,

Gémissent les regrets des bonheurs défendus,

Puisque dans les tourments, amour, tu persévères,

Puisque les malheureux, même les plus punis,

Si grand que fut leur crime au jugement du monde,

Si misérable aussi leur chûte et si profonde,

Par l'implacable loi ne sont pas désunis ;

Au cercle où la male heure est encore la belle heure,

Où dans le tourbillon qui l'entraîne, parmi

La foule, Francesca s'isole avec l'ami,

Et sur le sein percé qui bat contre elle, pleure.

Le poète terrible eût senti la pitié

Humaniser sa rime en quête de supplices ;

Il vous eût adjurés, ombre et ruisseau complices,

En la faute et l'excuse autrefois de moitié.

Entre les nerfs d'airain une fibre dolente

Eût frémi sur le luth douloureux, répondant

Dans le cœur du proscrit, tantôt au flot grondant

Des colères, tantôt à quelque plainte lente.

Sans doute il n'eût osé donner à la Pia

Pour compagne en chemin vers le pardon suprème

Celle pour qui ce lieu trop cher fut celui même

Où dans la solitude hostile elle expia.

Et comme dans le val d'invention cruelle,

Dans les souvenirs dus aux tragiques amants,

Des tercets éternels ceindraient de diamants

La couronne comtale et le front de Giselle.

Jardin de la Ville, 1899.

CALME D'APRÈS-MIDI

BORDS DE LA SOMME

A gauche, un fossé borde, ombragé d'ypréaux,
Le chemin, glacis droit sur la Somme ; derrière
Le fossé, des jardins ; mais aujourd'hui barrière
Close à tout bout du pont, relâche des travaux.

Fin d'octobre, soleil et silence ; d'oiseaux
Pas une aile ; feuillage en dorure première ;
Nul souffle ; et la douceur en haut de la lumière
Reproduite en fraîcheur dans le calme des eaux.

L'immobile fossé garde la feuille morte,

Et la rivière plate, inémouvable, emporte

Quelques brins de foin vert qu'une barque a perdus.

Et pas un pied froissant le gravier nu ; personne ;

Du silence écoutant du silence ; entendus,

Seuls, les coups d'un marteau lointain : du temps qui sonne.

UN CABARET[1]

Peintre qui vas portant des Ruysdaël dans ta boîte,
Arrête un peu. Vois-tu ce petit pont de bois ?
Regarde ce ruisseau, qu'il saute ; entends la voix
De cette eau, du frisson qui flue en un chant moite.

Passe de l'œil ce pont. L'allée en ligne droite
Mène au bon cabaret, discret, d'avenant choix,
Qui sait dire en décence : « Entrez, je ne vous vois »,
Aux couples libérés d'une morale étroite.

1. Tout se perd. On chercherait maintenant ce cabaret sans le
découvrir. La pièce est vieille.

Quoique très suburbain, il a, ce cabaret,
Des airs de presbytère ; et l'on s'égarerait
Beaucoup en lui niant des abords respectables.

Son jardin a des buis, des choux, des groseillers.
Le soleil y vient boire aux verres sur les tables,
Aux jours de soif, qui sont les meilleurs conseillers.

AIRS DE FOIRE

———

Par ma fenêtre ouverte entrent des airs de foire.
Je ne mets plus les pieds dans le milieu banal,
Mais je me plais de loin au joyeux bacchanal
Des cuivres réveillant des fonds dans ma mémoire.

J'écarte avec horreur la femme à barbe ; voire
Le géant et le nain, le veau phénoménal ;
Mais je ne hais le pitre international,
Son geste est clair, d'Upsal à la côte d'Ivoire.

4

Je reconnais Zozo du Nord dans son tricot ;
Il bat la caisse ; et des maillots chair d'abricot
Font à côté de lui voltiger des paillettes.

Qu'est cela près de vous, appel des becs friands,
Pastilles et nougats de la Drôme, nonnettes,
Pralines, sœurs de choix des quatre mendiants ?

FIN DE FOIRE

Une mélancolie est dans le champ de foire,
Gêne hier de la foule, aujourd'hui déserté.
La rotonde elle-même a perdu sa fierté ;
Un an n'y reverra le beau monde en sa gloire.

Plus de boniment ; plus de saxophones ; voire
Plus un nain dans les cours de l'Europe cité ;
Démoli le palais de l'électricité,
Et les chevaux de bois ne sont plus que mémoire.

Geneviève est en boîte avec son cher poupart ;
Partout le maillot cède aux jupons de départ ;
Le clown passe au bourgeois dans ses frusques épaisses.

Plus de jouets ; ci-gît un pantin dépendu,
Et les derniers forains entassent dans des caisses
Philosophiquement tout ce qu'ils n'ont vendu.

MICHEL CAEN

C'était un petit juif, hôte exact de la foire,
Il était déjà vieux, il était toujours gai.
Des érudits l'avaient surnommé papegai
Du nez un peu crochu dont il se faisait gloire.

Il ne craignait manger et ne détestait boire
Il vendait des lorgnons dont le verre était vrai.
J'ignore s'il avait pour caravanseraï
Le vieil hôtel de Bœuf illustre en notre histoire,

Ou quelque autre, Le Lys, Le Lion noir, L'Écu
De Brabant, mais chez nous, et tant qu'il a vécu,
Chaque an la Madeleine eut sa visite neuve.

D'ailleurs, juif sans reproche, un peu malicieux,
Et lorsqu'on essayait ses verres, pour épreuve,
Il faisait épeler sa Bible aux mauvais yeux.

UN VRAI SAGE

Ce sage est l'art gardien des splendeurs végétales,
Qui font miroirs fleuris les yeux des promeneurs ;
Il est ce tuteur né des dracénas mineurs,
Le parrain des bourgeons ouverts par les pétales.

S'il éduque les fleurs, ce n'est pas en vestales
Craintives des pollens comme de déshonneurs ;
Il fait volontiers grâce aux oiseaux rapineurs,
Mais il applique aux chiens de dures décrétales.

Il aime son jardin comme ses yeux ; il a
Des garçons ponctuels comme la primula
Qui ne manquerait Mars pour fleurir en Carême ;

Mais plus qu'eux il travaille ; aux mourantes saisons,
Il ne craint, lui le chef, de balayer lui-même
Les feuilles que Saint-Luc sème sur ses gazons.

LA SOURCE

———

La source, hier encore issant dans la lumière
De l'ombre d'un rideau hérissé d'un buisson,
Ne peut plus s'argenter aux aurores ; et son
Cours capté se poursuit souterraine rivière.

Elle ne bouge plus, dans les prés, la tourbière ;
Elle a dû renoncer aux nappes de cresson ;
Une roue, insensible à son humble chanson,
La pousse vers la ville, aveugle et prisonnière.

5

Là parfois, bien qu'astreinte à des devoirs obscurs,
Elle reprend fierté dans des offices purs,
Et sur des gazons verts jaillit auprès des roses.

Alors c'est une joie autour d'elle ; on peut voir
Ses jets, tels ceux des cours d'Alger aux fraîcheurs closes,
Fuir droit, et sur les fleurs, vie en perles, pleuvoir.

Juillet 1900.

LES SOURCES DE L'ERMITAGE

———

Les trois sources issaient de l'ombre d'un talus
Seul leur nom témoignait d'un antique ermitage
Disparu dans l'oubli depuis un si grand âge
Que, sauf elles, plus rien ne le rappelait plus.

L'art de l'homme a saisi les trois sources ; leur flux
Pressé monte ; il dessert la ville ; il se partage
En d'aveugles conduits, et d'étage en étage
Déverse la fraîcheur pour les familliers us.

Dans leur limpidité jouaient les épinoches ;
Les nocturnes concerts des batraciens proches
Les tenaient en éveil vers l'ample ciel tournant.

L'astre en leur flot dorait le sommeil des nageoires ;
L'aube y voyait des yeux limpides ; maintenant
Captives, elles ont pour ciel des briques noires.

UN CHATEAU D'EAU

SOURCE DE L'ERMITAGE

———

Val qu'un ermite fit tranquille,
Coteau boisé sous l'eau qui sourd,
Vous envoyez au château sourd
Une eau qu'attend plus bas la ville,

Sous la luzerne ou sous les blés,
Par le noir conduit qui la draîne,
Cette eau muette et souterraine
Cherche paix, repos non troublés.

L'étroit val ne connut la bêche,
La charrue encor moins ; le ru,
Sur lequel la grâce a couru,
Dut au saint d'ignorer la pêche.

Mais le bassin clos de hauts murs
Ne le gardera sous sa voûte ;
Il faut qu'il y reprenne route
Aveugle en des conduits obscurs.

Il ne retrouvera lumière
Qu'en ville et pour des soins ingrats,
Consolé, hors des ruisseaux gras,
Par le seau d'une ménagère.

Il a pourtant repris sa voix
Par les lèvres de cent fontaines,
Rapportant en rumeurs lointaines
Les frissons des champs et des bois ;

Et son eau pure, contadine,

Rend à qui sait l'entendre, en flux

D'accords légers, mêlés, élus,

Toute la campagne en sourdine.

SOIR D'UNE FIN D'AVRIL

———

Un tintement de mort tombe du clocher noir
Et scande lentement le deuil d'une famille,
Sur Vénus qui descend la profondeur fourmille
D'astres, à qui la lune offre un pâle miroir.

Dans le jardin muet plus d'aile à se mouvoir ;
L'if devenu spectral de plus d'ombre s'habille ;
Pour la dernière fois la clochette babille
Dans le couvent voisin que parcourt un bougeoir.

Contrastes dans la ville ; étoiles sur ténèbres ;
Glas tristes, sons joyeux. Aux tintements funèbres
Répondent un Eden chantant, un cor lointain,

Un air de valse, écho calmé de Séguidilles,
L'appel constant d'un orgue au manège enfantin,
Qui permet un sourire en rond aux grandes filles.

UNE FLORE EN BOTTINES

AQUARELLE URBAINE

———

Les filles portent cette année
Des chemisettes roses ; quand
Elles sortent, dans un clinquant
Matinal, c'est la matinée

De la vie et de la journée
En cotonnades. — Quand et quand,
Midi vient, l'ogre les croquant,
Qui traite en foin l'herbe fanée.

Mais elle n'en est encor là

Cette flore qui trotte ; elle a

L'insouci de l'heure ; elle égaie

L'ombre en passant ; pour elle on voit

Les vieux hôtels faire la haie

Et le mur se tenir plus droit.

TABLEAUX DANS LA RUE

———

Les dimanches on voit parfois des femmes pâles,
Recluses du travail, n'ayant gain d'aucuns hâles,
Qui promènent, le soir, dans des berceaux roulants,
Des enfants endormis sur des oreillers. blancs ;
Non tristes, regardant simplement devant elles
Les petits dont les bras, nus, propres, sans dentelles,
Attendent les travaux futurs sans les prévoir.
— Passants, ne cherchez plus l'image du devoir.

———

NUIT SUR LA VILLE

On ne se lasse pas de regarder la nuit !
Et je ne parle pas de ces nuits étoilées
Où dans l'indéfini nous semblent dévoilées,
Quelques très faibles parts de l'énigme qui fuit ;

Mais de ces gris laiteux, où nulle Ourse ne luit,
Où l'on peut voir les toits de la ville muette
Se suivre çà et là coupés par la fluette
Pointe des peupliers, qui les veillent sans bruit.

C'est le silence aussi de toutes les lumières ;
Persiennes et rideaux, clos comme des paupières,
Ajoutent aux maisons les signes du sommeil.

Et, seule, de lumière électrique une frange
Semble comme un lever permanent de soleil,
Éternel orient du travail qui ne change.

VERS DE CHAMBRE

Il faut se faire à soi-même son monde, son
atmosphère, s'entourer de paysages, d'une lumière
à soi, se faire centre, créer autour de soi, être
soleil dans la solitude.

LA SAGE VEILLÉE

———

Pourquoi prendre le deuil quand l'hiver est venu,
Qu'aile ouverte le vent traverse l'arbre nu,
Que l'herbe est défleurie et que l'étoile brille,
Innombrable, pareille aux pointes d'une grille,
Qui tiendrait le silence au dessous prisonnière ?
En quoi vaudrait ta plainte ? Entre ton tisonnier
Et ta plume la paix n'est-elle assez complète ?
N'as-tu pas sur ta table, autour de toi, l'emplette
Du monde en ces trésors écrits, dont le soleil
Est la lampe ? n'as-tu de toi même conseil

7

Entre ces pages qu'ont tous les âges laissées

Et tes conceptions humbles, trop haut dressées?

Outre le livre et toi, n'as-tu tout le dehors?

Songe, devant la neige, au ciel des Labradors,

Devant l'étoile, à tous les secrets qui se gardent.

Elles ne répondront; ces choses te regardent

Sans mot, mais il en sort une inspiration

Vague, expansivement belle, la notion

D'un inconnu qui dit : je t'émeus, donc j'existe.

Il en vient le désir de s'y fondre; n'insiste;

Entends; derrière toi, seule, parle la voix

Du feu, pétillement qui vient du fond des bois.

PLUIE

Quand la nuit fait penser la lampe solitaire,
Je songe et cherche à croire au bien ; j'y réussis,
En entendant descendre, humectant les châssis
De ma fenêtre, où tout du dehors vient se taire,
La bénédiction de la pluie à la terre.

La rue est un appel de grelots ; le pavé
Miroite sous le gaz ; il offre aux paresseuses
Lanternes, par milliers de milliers de danseuses,
Les gouttes d'eau, ballet de perles réservé
A quelques yeux, et pointillant du grès lavé.

La pluie a sa musique ; ils savent bien l'entendre
Ceux dont l'ouïe intime est sauve de calus,
Et c'est surtout à l'heure où la couleur n'est plus
Qu'un souvenir du jour, que l'œil s'ouvre à comprendre
Ce qu'une goutte d'eau peut de clarté nous rendre.

Le jardin prend par elle air de symbole humain,
Ses arbres sont mouillés mais luisent, la pelouse
Silencieusement boit et n'est pas jalouse
De la rose, qui boit aussi ; le blanc jasmin
Tend sa feuille au lilas, comme on ouvre une main.

LA NOTATION DE LA PLUIE

SOIR DU 11 NOVEMBRE 1899

Plaisir cosmogonique, ouïr tomber la pluie,
Goutte à goutte, dans le cheneau. C'est comme un doigt
Léger, qui frappe à coups discrets au bord du toit ;
Ce doigt en sait plus long que Moïse et n'appuie.

Mais le nuage crève, et c'est à pleine buie
Maintenant que l'eau tombe, et la terre la boit
Avidement, en joie, heureuse. Le vent croît,
Chasse l'averse oblique et l'emporte en furie.

Et le tintinement dans le cheneau de plomb,
Devenu part d'orchestre, accompagne le long
Hululement du vent, la basse solitaire.

Et le repos est doux d'ouïr ce mouvement
Des forces dans la nuit, symphonique mystère,
Que le monde offre à notre obscur entendement.

LE LÉZARD VERT

———

Il est loin le petit lézard.
Il est mort de froid sous la mousse
D'un globe de verre ; on crut douce
Sa mort, qui surprit. — Le hasard

D'une course en forêt rocheuse
L'avait mis chez moi. — Grâce au gui,
Faux de la mousse, hier, aujourd'hui
Se mêlant, il gardait heureuse

Sa rêverie ; il pouvait voir
— Tant l'image aux yeux persévère —
Sur sa sèche prison de verre
De vagues feuilles se mouvoir.

Les bouleaux saluaient les chênes,
Le buis cherchait les rochers hauts ;
Les grenouilles de brusques sauts
Éclaboussaient les eaux prochaines.

Quelquefois toute la forêt
Retentissait du son des trompes ;
Il s'épouvantait de ces pompes
Ne laissant aux échos arrêt.

Son antre était fissure aux roches ;
Il en sortait au jour jailli,
N'y rentrait qu'au soleil failli,
Ou pour de suspectes approches.

Et que bon le soleil d'été,
Qui l'éternisait sur les pierres,
Lorsqu'il y clignait les paupières,
Lazzarone à satiété.

Une nuit ne lui cria : gare !
Gare au dur froid du dur cristal !
L'Alpe même au glacier fatal
Ne prévient pas ceux qu'elle égare.

Le pauvre lézard, n'ayant cru
Qu'engourdir sa veille, eut fin telle
Que la neige en l'Alpe mortelle
L'impose au promeneur recru.

Mais sa mort, sans marque de brèves
Convulsions, sembla sommeil
Doux, s'affirmant en non réveil
Et perpétué, moins les rêves.

8

Ni Pharaon, ni grand Mogol

N'eurent son monument; du verre

Le reçut, son urne l'avère,

Oisif triton de l'alcool.

UNE MOUCHE

———

Ce soir, vingt-cinq janvier du siècle nouveau né,
Jour très doux et plus doux des envois d'une bûche,
Une mouche, sortie on ne sait d'où, trébuche
Sur l'églogue à Varus *(Magnum per inane*

Coacta semina..., le monde sous la lampe
Naissant, mais éclairé des vers virgiliens).
L'aile secouant mal d'invisibles liens,
La mouche inertement sur la page se campe.

A-t-il pu l'abuser sur le retour des mois,
Le chantre des pasteurs, des dieux et des abeilles ?
Où croit-elle voir naître avril dans les corbeilles,
Où vont mourir demain les fleurs du ciel niçois ?

Sans doute près du lierre où Chromis et Mnasyle
Ont enchaîné Silène, elle a trompé l'hiver.
Regagne ton retrait, recluse ; prends le *Ver*
Pour modèle prudent, et paix à ton asile.

CANDEUR

Aujourd'hui le temps doux fit sortir une mouche
De son trou d'hivernage ; elle rampait un peu,
Ne dépliait son aile ; elle allait, comme au feu
Du soleil, vers la lampe ; elle n'était farouche,
Trop faible pour comprendre encore aucun danger.
J'écartai mon papier pour ne la déranger.

28 octobre 1908.

FLEURS AU PIED COUPÉ

Les fleurs ont des pardons pour les mains qui les cueillent
En l'honneur d'un beau vase ; avisé, le cristal
Leur fait joindre pour rendre, en ordre ornemental
Complexe, un peu de joie, aux lambris qui s'endeuillent,
Un air du monde aux dons du parterre natal.
Leur vanité l'accepte, il est leur piedestal.
Elles brillent ; ne les touchez ! elles s'effeuillent.

L'EUCALYPTUS GÉANT

L'eucalyptus géant vit en miniature
Sous mon toit studieux ; il orne allégrement
La fenêtre où, frileux, en ses fleurs pâles, ment
Le tulle, froid printemps d'une morte nature.

L'arbre frêle a jailli d'une simple bouture,
Mais, par l'illusion et l'accompagnement
De souvenirs d'Afrique et d'étincellement,
C'est Alger qu'il tamise et jette en ma clôture.

Il ne lance pourtant son feuillage très haut.

Ainsi de moi, quand j'ose y réfléchir ; il faut

Mieux qu'un réduit fermé pour l'homme et pour la plante.

Toute serre défend la pleine activité

Aux forces de la vie, et, non moins que l'ailante,

L'homme veut ciel ouvert, la vaste liberté.

L'EUCALYPTUS NAIN

Cet eucalyptus nain vaut qu'on ait de lui peine.
Né de bouture, il a sa racine en la gêne
D'une faïence à fleurs, mais de fleurs qui n'ont rien
Du pays, son pays, qui jamais ne fut sien.
Ses pères ont vécu dans une île éloignée,
Non cultivée, où l'homme ignorait la cognée ;
Ils étaient les grands rois des arbres ; leur sommet
Haussait les bois ; lui, pauvre, aux lambris se soumet.
Il ne connaît du jour qu'un carré de fenêtre ;
Le soleil, s'il le voit, jusqu'à lui ne pénètre

9

Qu'un instant, au matin, la pitié de l'appui

Tournant vers l'orient son nostalgique ennui.

A sa morne prison il a réduit sa taille ;

Il se résigne mal, et parfois on le taille,

Lorsque sa tête touche aux blancheurs du plafond.

On l'ampute, il s'étend, et ses bras grêles font

Un éventail devant son horizon, la vitre.

Son ombre, s'arrêtant sur mon bureau pupitre,

Y meurt. — Si je voulais philosopher, j'aurais

Beau champ ; je ne le veux et j'écarte et je hais

Toute affectation naïve ou doctorale,

Tout ὁ μῦθος δηλοῖ de facile morale.

Une image se prête à bien des sens divers,

Comme en tout mot pérore un fragment d'univers.

LA LAMPE

Le soleil de minuit, qui le veut se le donne :
C'est la lampe. Une mouche autour d'elle bourdonne,
Ange ou diable ; mais l'œil qui médite y sait voir
Le premier trait du jour dont le ciel se galonne,
L'aube pâle, et Vesper doré comme l'automne,
Riche encore en la feuille au défaillant espoir,
L'étoile du matin et l'étoile du soir.
La lampe nous transmet, hélas ! sans les traduire,
Ces deux lettres du texte, où l'homme cherche à lire
Ce qu'il est à la vie interdit de savoir.

LE FEU

———

Les peuples réfléchis de l'Araxe et du Gange,
Du Tibre, saluaient, les mains vers leur foyer,
L'actif principe, Agni, Mithra, Vesta. L'échange
Du culte et des bienfaits de l'astre familier
Mettait dans leurs maisons la divinité même.
Une injure au foyer dépassait le blasphème ;
Le déserter, c'était le reni des aïeux ;
Le plus digne d'estime était l'homme pieux
A la flamme ; et la flamme, emblème, était puissance.
De même qu'elle avait accueilli la naissance,

Fait la femme soigneuse et l'homme guerrier fort,

Elle servait la vie, ensommeillait la mort.

Agni purifiait; Mithra rendait féconde.

L'universalité vivante, âme du monde,

Le feu, — Vesta par lui souvent le suppliant, —

S'affirmait loi morale en l'ordre indéfaillant.

D'UNE FENÊTRE

Mon Jardin me suffit ; j'y descends rarement.

Mais toute nuit, à l'heure où le monde inscient

Dort sourd aux douze coups qui ne troublent ses rêves,

Je caresse de haut, en des minutes brèves,

Avant de me résoudre aux rêves du sommeil,

Le gazon qui n'a plus qu'Arion pour soleil.

De la fenêtre, encor du dedans éclairée,

J'interroge, au dessous de la paix sidérée,

La paix de ce jardin que n'émeut aucun bruit,

Dans le cadre des murs que le lierre assombrit.

Il est mon conseiller muet, l'aviseur sage,
Suggestif du repos dans le contraint passage
De ma bibliothèque au lit, sombre chemin,
Comme du jour en fuite à celui de demain.
Il n'enchaîne d'un texte inflexible ; il délivre,
Fait penser sans formule ; il est le dernier livre
Que j'ouvre, ayant besoin d'air vivant ; il dit mieux
Que toute longue astreinte aux mots laborieux.
Il prépare à ma nuit un récit de verdure,
De silence, de paix, avec, sur la bordure,
Des arbres et des toits circonvoisins, du ciel
Semé d'astres, blason d'azur et frontispice
D'œuvres de luxe, champ aux errances propice,
Où l'aile de l'oiseau cède au vol d'Ariel.

POPULUS IN FLUVIIS, ABIES IN MONTIBUS ALTIS

Thyrsis dans Virgile (Bucol. VII, 66.)

———

Du grenier où Molière aime à se rapprocher
De Plaute — et fait avec Lope et Will bon ménage,
On peut voir, par-dessus les toits du voisinage,
Monter trois peupliers en pointes de clocher.

Le classique rayon qui porte, avec Virgile,
Théocrite, non loin des bucoliques chants
— Ceux des moissons —, se plaît à demander les champs
A ces trois ypréaux d'un jardin de la ville.

Plus élancés et moins heureux que les sapins,
Ces manteaux toujours verts des grands sommets alpins,
Ils sont, dépouillés tôt, les fils de la vallée.

Mon fleuve doit une ombre à leurs frères, les blancs.
De l'églogue, ce soir, ma pensée est allée
Vers l'eau, vers le miroir des feuillages tremblants.

SONS DE CLOCHES

L'air est champ virtuel de toutes les musiques,
Et tous les sentiments y trouvent une voix,
Qu'éveillent le grelot, l'archet, le cuivre aux bois,
Aux carrefours urbains l'orgue aux langueurs phtisiques.

Mais les cloches surtout, sur la ville et les champs,
Répandent de plus haut les notes, suggestives
Du temps qui fut, du jour qui vit, des fugitives
Minutes, dont l'appel est dans l'or des couchants.

Les hantises d'antan font la chambre meilleure
Qu'un choix même d'élus, dans l'actuel chagrin,
Quand l'instant détaché du soin contemporain
Reprend, pour s'y confondre, au cadran la vieille heure.

Jeune, on va haut l'espoir ; le chemin court, tracé
Par le désir, vers l'inconnu, vers la merveille !
On a vu beau ; de ce lointain, resté la veille,
On vit mieux, le présent remeublé du passé.

Et les cloches, qui dans les airs mettent le nombre,
Et font rythmer l'espace et soumettent les vents,
Jadis glas des beffrois, berceuses des couvents,
Ne gâtent les retours des images de l'ombre.

CONSCIENCE

VERS PHILOSOPHIQUES

DIS MANIBUS

Le culte des aïeux, si simples furent-ils,
Eussent-ils même été des esclaves subtils,
Voleurs, des criminels de mains ensanglantées,
Est le vrai culte juste, humain ; l'âme hantée
Par l'image de ceux dont on est descendu
Leur rend dans la pitié, l'amour, le devoir dû
Et le respect. Sait-on quel drame fut leur vie,
Sait-on ce qu'a souffert leur vigueur asservie
Sous des jougs, leur noblesse humiliée et leur
Conscience du droit, simplement leur malheur ?

LA FATIGUE DE VIVRE

Non, je ne voudrais pas pousser aux suicides
Et cependant je crois que les plus délicats
Ne sont les satisfaits, que les bons ne sont pas
Ceux qui béatement jouissent des jours vides ;

Ceux que n'indignent pas, les manœuvres cupides
Ni les ambitions mauvaises, ni plus bas
Les mensonges, l'orgueil, l'injustice, les pas
Obliques et les fleurs sur les lèvres sordides.

Sans doute en la plupart, lassés, dépris de tout,
La fatigue de vivre est le hautain dégoût
D'un monde où la justice a pour prix les injures;

Et je crois que beaucoup de ceux que l'action
Se refuse à servir, sont des entités mûres
Pour le repos final ... ou pour l'ascension.

SACRIFICE

CULTE MAZDÉEN

———

L'acte sacré devrait être le sacrifice
De ce qui semble, après les rayons du soleil,
Aux idéalités sans pesanteur pareil,
Le feu, qui prête à tous nos besoins son office ?
Le feu se suffirait ; mais s'il permettait choix
D'un rite adjoint à ses valeurs sacerdotales,
Ne pourait-on semer, dons votifs, sur le bois,
L'exaltateur bûcher, aux jours des parentales,
Mieux que l'encens tiré des Indes, les pétales
Des simples fleurs qui sont l'éveil-matin des mois ?

Les hélichryses, mieux les vivaces pyrèthres
Qui retrouvent sous tous les signes le printemps,
N'auraient-ils droit d'offrir des symboles constants
Au culte familier des modestes ancêtres ?

L'offrande emporterait dans des langues de feu
L'hymne familial vers la fin de tout, Dieu.

L'ARBRE

Pour l'être aux grands desseins que surprendrait, émue,
L'idée avec témoins de son inanité,
Rien ne vaut l'ignorance et la passivité
De l'arbre, ivresse heureuse en l'atmosphère bue;

De l'arbre sans caprice (au moins nous le croyons),
Qui n'interroge pas l'avenir, qui ne pense,
Qui se plaît en la pluie, à qui le jour dispense
En naissant la rosée, en mourant les rayons.

Qu'autre est l'humaine vie en éternel qui vive,

En luttes ! Et combien l'espoir bon lui serait

D'user l'éternité sans désir ni regret,

Comme cet arbre, en toute paix contemplative !

LE RÊVE

L'homme vit dans son rêve, heureusement pour lui.
L'avenir espéré lui corrige aujourd'hui.
Il supporte ses maux, les croyant éphémères ;
L'imagination lui fait de ses chimères
La réalité vraie ; il vit son lendemain.
Le but fuit, mais lui dore, en fuyant, le chemin.
Il porte en lui toujours un théâtre mobile
Où lui-même, selon le cas, Léandre ou Gille,
Tantôt charmeur, tantôt héros, toujours fringant,
Prend le masque d'Éraste ou le casque d'Argant.

Il marche ainsi porteur du spectacle, et la toile,
En retombant de soir en soir, n'éteint l'étoile,
Le quinquet, qu'il allume et suspend aux caissons
De son cerveau, qu'il a doré d'illusions.

LA CRÉATION ARTISTIQUE

Cet homme réservé vit avec un fantôme.

Il aima dans la femme une création

De ses yeux, de son cœur, de son esprit, Èon

Fictif, vain, mais réel peut-être en un plérôme

De lumière, où l'idée est féconde, où rien n'est

Vraiment vrai que ce qui d'entités pures naît.

S'il pouvait revoir telle, hélas ! la faible femme

Qu'elle fut, et, pour la représenter d'un nom,

Qu'elle eut été Corinne, Haydée ou Manon,

L'homme se sentirait quelque détresse en l'âme.

Il ne perdrait l'amour purifié, pitié,

Reconnaissance même, indulgente amitié ;

Mais, sans injuste injure à la désagréée,

Il resterait fidèle à l'image créée ;

Il la détacherait, fantôme, du réel,

Et l'aimerait toujours présente à son appel,

Ainsi que le sculpteur aime l'œuvre vécue

En lui-même, étrangère à la peine vaincue.

La fausse amie eut part enviable pourtant,

Ayant prêté matière au mirage éclatant.

Bacchis a pu fournir, d'illusions flattée,

Le mannequin d'osier, dessous de Galatée.

DU DROIT DE PROPRIÉTÉ

Certes, je n'ai la foi d'un bon propriétaire.

Mon jardin est petit ; c'est ma meilleure terre ;

Il est mien de l'avis commun : je l'ai payé.

Payé ! Je ne m'en sens, moi, que l'hôte effrayé,

Il me prête pourtant quelques arbres que j'aime,

Une vigne qui n'a qu'une grappe pour gemme,

Quand l'automne est prodigue ; un peuplier, et puis

Un lilas qui, sans feuille, en mars, pompons fleuris,

Annonce les Rameaux ; un sorbier cher aux grives ;

Sous lui, cet aucuba, qui nous renvoie aux rives

Du Japon. Si c'est moi, qui, pour tromper l'hiver,
Admis cet exotique à figurer le vert
Septembral en janvier, de quel cœur me donnai-je
Cette épine où cent fois a refleuri la neige ?
Ce poirier presque mort, qui fut un *Bon chrétien !*
Quel droit supérieur m'a dit : Cet arbre est tien ?

LA VIE INDIVISIBLE

On raille sans esprit les amitiés honnêtes
Des pauvres veufs, des pauvres veuves, pour les bêtes,
Des vieilles filles, des vieillards abandonnés,
Pour un chien, pour un chat, pour des êtres bornés,
En qui l'intelligence au fond des yeux hésite ;
Échange d'intérêts, où l'humble parasite
Aime naïvement comme on aime un lien,
Un bien, l'homme son champ, le lierre son soutien,
L'arbre, étai par le tronc, nourricier par l'écorce;
Échange de vertus, la faiblesse et la force

Se prêtant des appuis certainement plus forts

Dans l'ordre des esprits que dans celui des corps,

L'échange de la plante à l'homme est ordinaire.

Tout pense ou sent, qui vit ; le songeur peut se plaire

Près d'une fleur ou d'un palmier qui consentit

A demeurer, dans sa majolique, petit,

Pour causer avec lui des forces de la terre,

De l'air, de ce que cèle et clame le mystère.

Mais les bons animaux, les pauvres confidents,

En disent plus, rictus amical sur les dents.

Les veuves, les vieillards, les gueux, les solitaires,

Peuvent en eux, par eux et des élémentaires

Suggestions, saisir, goûter, comme à travers

Des fragments de miroirs, reflets de l'univers,

Avec l'amour qui n'a cercle restreint de ronde

La vie indivisible et le vrai nom du monde.

DÉTERMINISME ?

Justice, humanité, vagues mots. — La morale
Aux *postulata* souffre, ignorante d'où vient
Le mal qui vit, agit en l'homme, et le retient
Bas, plus bas que la loi simplement bestiale.
Le lion chasse, il faut qu'il mange ; il a mangé,
Mufle aux pattes, il goûte un rêve débonnaire.
Le tigre, que ses crocs font sembler sanguinaire,
Prévient le plomb qui tue ; il ne s'est pas vengé.
L'homme a seul dans le sang le crime pour le crime,
Le meurtre, le viol, et la perversité
Du calcul en l'esprit. De quelle hérédité,
De quel inné poison l'homme est-il la victime ?

SYMBOLISME

LE CLOPORTE

Un insecte compris vaut un livre ; en formule
Saisissable à la vue, il concrète, il dit plus
Que Chakia-Mouni, mieux que Confucius,
Autant que Salomon ; et cette libellule
N'eût refusé sa gaze au cantique d'amour.
Cet éphémère invite au bon emploi du jour ;
La fourmi nous gourmande et l'abeille offre, pour
Faire honte à nos soins négligents, sa cellule ;
Le papillon, caprice, est professeur d'humour,
Et le bourdon bourdonne ainsi qu'un préambule.

Mon symbolisme sort craintif du vestibule.

A-t-on jamais offert à la guêpe un corset ?

J'ose pis.

           Le cloporte est solitaire, et c'est

Peut-être en son orgueil qu'en son test il se roule,

Quand, pour s'y mieux complaire, il met son rêve en boule.

Il croit en ce qu'il pense, et c'est en lui, qu'il sait

Convaincu. — Voit-il plus dans les astres en gloire

Que des lustres postés sur ses évasions ?

Il se dérobe au jour des sèches visions,

Pour la nuit fraîche où l'Ourse et l'Hydre viennent boire.

Comme elles il y boit, nocturne aussi, dressant

L'interrogation de ses courtes antennes

Vers Céphée, Orion, et les sept sœurs lointaines,

Les Pléiades, tout œil au mot qui ne descend.

C'est Faust avec beaucoup de pattes très petites,

Que termine un onglet simple et non très méchant,

Quatorze, et qui d'entrain le promènent, cherchant

Ses vivres, détritus de vie hétéroclites.

Le parallèle admis lui permet le désir

D'éblouir, de paraître en cadet de Fœneste.

La faiblesse, qui fut à de plus grands funeste,

L'a dû, dans l'âge mûr, comme d'autres saisir.

S'il envie, ah ! si lourd ! leurs ailes aux phalènes,

C'est moins pour aller haut chercher la vérité,

Que pour éclabousser de l'éclat convoité

Des vers luisants, les monts, les marais et les plaines.

Modeste, il rêve enfin qu'un joint de mur détruit,

En ce jardin, fragment du monde sans limite,

Après lui gardera souvenir de l'ermite

Qu'il est, et qui, myope, y fait du jour sa nuit.

Mais je trouve à la fin la fiction trop forte.

Ce frère, ce grand frère, est de moins faux esprit ;

Sa rondeur à risquer grands écarts ne l'exhorte ;

Il ne cherche, tranquille où le destin le mit,

Autre chose qu'à vivre ; et, repentant, je porte,
Dextre au front, mon salut à ce petit cloporte,
Qui laisse en paix l'étoile et trottine sans bruit.

Mieux, symbole contraire et plus juste, en cet antre,
Simple fissure, humide, où jamais soleil n'entre,
Ce n'est le spleen, l'ennui, ni la présomption,
Ni, quand la nuit descend, la chaldéenne étude
Des astres, entretien cher à la solitude,
Ni le rêve égaré dans une abstraction,
Ni la révolte, et ni le tourment du mystère,
Que représente, clos, ce petit solitaire ;
Non, mais l'inconsciente, humble docilité,
La résignation s'ignorant, terre à terre,
Docile aux lois, au sort, à la nécessité.

DON JUAN

Don Juan vieilli rêvait ; il voyait une plaine,
Où, sur un grand jeu noir de dominos, le vent
Ne faisait s'incliner aucun arbre vivant ;
Et cette plaine nue était de tombes pleine.

Une voix, qui passa sur lui comme une haleine,
Ou plutôt la parole en lui-même, souffla :
Ces tombeaux ont mangé des cœurs ; elles sont là
Toutes celles pour qui morte est la Marjolaine ;

La fleur qui dit bonheur aux croyants de l'amour,
Qui dit durée, à qui juin ne donne qu'un jour,
Et qui ne t'a rien dit à toi, passant de l'heure.

Compte-les ! leur figure en toi va pâlissant ;
Et, puisque sur ce champ pas un saule ne pleure,
Pleure sur elles, pleure aussi sur toi, passant !

VOIR PLEURER

———

Voir pleurer cela fait songer l'inconscience.
Une larme entrevue est une bienfaisance,
Une leçon qui tombe, une pure clarté
Vacillante ou joyau ; mieux, c'est la charité
De la blessure au fer qui frappa ; le reproche
Muet, mais comme l'eau qui fait fleurir la roche ;
La leçon la meilleure au méchant malgré lui
Ou volontaire ; au sot qui ne sait s'il a nui ;
A tout être commun, spirituel ou bête ;
Cet être, quel qu'il soit, bonne ou mauvaise tête,

Est homme ou femme, faible ou fort, grand turc, fellah,

Prophète ou simple roi, reine ou fille. — S'il a

Quelque peu des vertus que l'orgueil nomme humaines,

S'il n'a tous les venins des aspics dans les veines,

Ou l'âme que l'on prête au démon dans les corps,

Il redeviendra bon, baptisé du remords.

ENTRE AMIENS ET ABBEVILLE

NOCTURNE

Deux tristesses, la lune et l'étang, se regardent.
Se parlent-elles? Seuls, confidents du secret,
Les saules étêtés l'entendent et le gardent.
Ne comprenant que peu, les grenouilles bavardent;
Et les saules penchés, comme réfléchissant,
Se taisent, et se tait le nuage glissant.
Ces tristesses que ciel et terre n'interprêtent,
Par échange muet entre elles, se complètent.

NOCTURNE

Le train qui passe dans la nuit que le silence
Rend vaste, c'est l'énigme emportant l'inconnu
Sur la route de fer, dans de la turbulence
D'air froissé, de sifflets, de rythme continu.
C'est de l'histoire et c'est du roman ; du mystère
Voyageant ; de la vie affairée ; et du bruit
Qui naît, grossit, décroît, meurt. Pour le solitaire
Éveillé, c'est l'intrigue obscure de la nuit.

LE SOUVENIR

Le souvenir comme un épi mûri s'égrène,
Se vide... Elle était brune, il ne sait plus déjà
La nuance des yeux où si souvent plongea
L'inquisitif amour plus subtil que sa haine.

Le souvenir se rompt comme l'or de la chaîne,
Qui leur suspendit l'heure et, folle, voltigea
Avec l'instant, mais dont le temps désagrégea
La liaison, laissant la pauvre montre en peine.

Le souvenir n'a plus de porte-mousqueton ;
La chaîne, qui tenait le cœur par le bouton
Du gilet, flotte ; elle a perdu son anneau maître.

Le bruit léger, qu'en ses froissements elle émeut,
Appel qui n'a d'écho, voudrait faire renaître
La minute, grand siècle en l'heure, et ne le peut.

LES YEUX DE REPROCHE

———

Les yeux ne meurent pas. Qu'on regarde en arrière,
Parmi les souvenirs défaillants ou qui sont
Déjà brume, on les voit ; ils ramènent, du fond
Des jours vécus, la vie, et par eux tout s'éclaire.
Nous apprenons par eux que rien n'est effacé
De la page en nos cœurs au jour le jour écrite.
Le temps ne nous est plus qu'un actuel sans fuite,
Et nous payons trop tard des dettes du passé.
Après les grands respects dûs aux parentés chères,
Les saluts cordiaux aux saines amitiés,

Aux pauvres méchants yeux nous offrons des pitiés,

Le pardon du sourire aux liaisons légères.

Mais les justes regrets n'exemptent des remords.

En bien des yeux nous sont diverses les estimes.

S'ils nous sont indulgents, c'est à nos cours intimes,

Pour nous mieux corriger, que nous rendent les morts.

LA VISITE FANTOMALE

Un quelqu'un est venu me demander ? Oui, maître.

— Sans carte ! — Aucune. — Et vous pourriez le reconnaître

— Mal. — Mais signe, sa voix ? Son geste a parlé ? — Non.

Voix blanche, geste absent, sa pratique semble être

De fantastiquement paraître et disparaître.

— Mais à défaut de carte ? — Il n'a donné son nom.

— Il ne s'est pas nommé, c'est mon Destin peut-être.

LE MONDE DU VIEILLARD

Tout, autour du vieillard, se rétrécit ; le charme
Se concentre et s'accroît dans un intérieur
Meublé par sa mémoire ; un jugement meilleur
Fait qu'en lui tout esprit de vanité désarme.

Ce qu'il garde, ce n'est la très petite parme
Qu'Horace abandonnait, moins confus que railleur,
Mais le sûr bouclier de l'ancien batailleur,
Que n'ouvrait le tranchant de la lourde guisarme ;

C'est l'honneur. Le soleil suffit à son jardin ;
Et son monde est très vaste ; il n'a plus que dédain
Pour le plat creux qui met tous les hommes en guerre.

Tout étant dans l'histoire un éternel retour,
Les disputes de temps ne l'agitent plus guère.
Il vit avec ses morts, plus près d'eux chaque jour.

LES EMBLÈMES

Tout grand événement a, premier bénéfice,
Et pour condition, l'injure ou le supplice.
Le signe est ce qui fut le passif, le méchant,
L'inconscient témoin du martyre ; le chant
Suit dans l'Èbre la lyre, et la lyre elle-même
De tous les chants futurs demeurera l'emblème.
Une coupe a reçu la ciguë, il en sort
Le Phédon ; le bûcher, il féconde la mort ;
La corde, une pensée en suspens, vaut le glaive ;
Toujours une rançon de ce qui trop s'élève.
De toutes, la dernière est l'éclatant panier
Où s'est tue en un vers la bouche de Chénier.

LA MORT DE L'HEURE

———

L'heure fut ; un marteau ne frappe plus pour elle ;
Celle qui fut leste a perdu l'alacrité ;
Celle qui donne joie a moins que rareté,
Elle ne reviendra ; celle qui fut cruelle
Ne peut plus l'être, elle est comme n'ayant été.

L'heure n'est même pas la goutte d'eau fondue
En l'océan, le sable errant au Sahara.
La mer peut garder l'eau, le grain de sable ira,
Durable, dans le vent ; l'heure tombe perdue
Dans le temps ; elle fut ; le temps ne la rendra.

Elle est moins qu'un fluide errant ; elle résiste
En la mémoire un jour ; mais le souvenir fuit
Et la mémoire meurt et plus rien ne la suit ;
Avec ce qui lui fut le dernier culte triste,
Ce qu'elle a laissé tombe en la complète nuit.

Il ne reste plus rien de cette heure expirée ;
Le monde indifférent continue à souffrir,
A jouir ; on voit l'eau couler, l'herbe fleurir,
Le fruit tomber ; et l'heure, insciente durée
Nouvelle, n'entend pas : tic-tac ! tu vas mourir.

LES VIEILLES DATES

————

N'ont-elles ressemblance au vol périodique
Des oiseaux revenant sur l'orageuse mer,
Et ne rapportant rien du gonflement amer
Des flots, plus que de la siccité numidique ?

Du passé délusoire au présent véridique,
Croyons-nous, les voilà qui reviennent ; l'hiver,
Geôlier, les livre au mois où tout se rouvre ; *Ver
Aperit*, dit un vers de science ovidique.

C'est ainsi qu'ayant pris sagesse en vieillissant,

Filles qu'un souvenir embaume, évanescent,

Elles parlent latin sans recherche pédante.

Absoutes par leur temps, elles n'ont mérité

Ni les roses du ciel, ni les cercles de Dante,

Mais un coin de sourire en un clos de bonté.

AFFAIBLI D'UNE ÉPIGRAMME
DE CALLIMAQUE

———

O pierre du repos, si j'ai fait quelque mal

    Et n'en eus repentir sincère,

Sois-moi lourde ; mais si je n'ai manqûé, loyal,

    Qu'un peu de bien, sois-moi légère.

———

AU JOUR LE JOUR

Je ne sais pas ce que valent ces vers... S'ils
valent un peu, on saura bien les retrouver ;
sinon, qu'ils meurent. Ce sera le mieux.

TRIGE

Un vieux siècle a donné le dessin de la trige
A des stances; la trige est le luxe des fêtes
Que trois chevaux de front, lestes, font galoper.

La trige est le tercet, le poète l'aurige.
Les trois rimes de sons divers s'accordent prêtes
A partir d'un seul temps, comme ensemble à stopper.

J'aimerais mieux pourtant figurer par trois ailes
De papillons ou de colibris caloptères
L'attelage emportant le char, léger fardeau.

On lui comparerait le vol des demoiselles,
Les cercles de l'aronde autour des acrotères,
La flèche du Céyx filant sur un fil d'eau.

Et Pétrarque parfois, le maître en sa technique,
Prêtant à des tercets trois rimes, colombelles
De Vaucluse, leur vol réglé d'un libre fil.

Les triades, gardant triplement zèle unique,
Enlevaient des quatrains, doubles chars, vers les belles
Ingéniosités d'art pur, d'amour subtil [1].

1. Et dire que l'idée m'est venue en voyant monter l'omnibus
des Batignolles à l'Odéon, attelé de trois chevaux.

POUR UN ROMAN EN VERS

Ami, voici le temps des longues rêveries,
Le temps du coin du feu, des mémoires chéries,
Du retour au passé qu'aiment les vieilles gens
Et les jeunes, qui sont de tendresse exigeants,
L'automne qui n'est plus l'été, saison de joie,
Mais qui n'est pas l'hiver aux soucis noirs en proie.
Quand je vous ai quitté, c'était sous un beau ciel,
Au bord du lac d'Enghien, quand les mouches à miel

Bourdonnent dans l'air bleu, comme dans leur paresse
Les poètes qui vont où l'espoir les caresse.

.   .   .   .

Au coin du feu, les pieds contre mon garde-cendre,
J'entends la pluie à flots sur les pavés descendre.
Rien ne porte à rêver comme un bon feu de bois,
Si ce n'est un grand vent qu'on entend sur les toits ;
Mais comme il plait au vent maintenant de se taire
Et que je n'ai pour bois que du charbon de terre,
Je dois, en homme sage et satisfait de peu,
Savoir me contenter de la houille au jet bleu
Et de l'eau qui grelotte humblement à ma vitre.

O bon vieux Mathurin, qui dors sur mon pupitre,
Bohême du vieux temps, coureur des trous sans nom,
Pauvre amoureux railleur, qui pleurais pour Manon,
Philosophe en rabat, qui cherchais la sagesse

Au coin des carrefours dans une fange épaisse,

Réveille-toi ; je veux dans mon désœuvrement

Bavarder avec toi, seul à seul, librement.

— « Sotte et fascheuse humeur de la pluspart des hommes,

« Qui suivant ce qu'ils sont, jugent ce que nous sommes,

« Et, sucrant d'un souris un discours ruineux,

« Accusent un chacun des maux qu'ils ont en eux [1]. »

1. *Œuvres de Mathurin Régnier,* satire VII.

LES SONGES DE JEAN

———

Jean chez lui vit entrer une petite vieille,
Reinette conservée et ridée à merveille.
Venez, venez, venez, dit-il ; asseyez-vous.
Dites-moi votre vie, ou plutôt non. Jaloux
Je le fus ; je serais ridicule de l'être
A présent ; chauffez-vous. Ce feu d'orme et de hêtre
Est doux ; ce n'est celui dont jadis nous fêtions,
Égoïstes, l'accueil, alors que nous étions
Jeunes, beaux, et méchants ; oui méchants, vous frivole,
Moi le menteur crédule à sa propre parole,
Se persuadant plus que, sans doute, il ne sut
Jamais vous faire croire à tout ce qu'il conçut.

Il s'adressait d'abord le mensonge à lui-même,

Sincère à sa façon, comme on l'est au poème

Que l'on crée en errant dans du paradoxal.

Nous rompîmes. De qui le tort? D'où vint le mal?

La faute, des deux parts diverse, fut égale

Sans doute. Nous vivions alors dans un Bengale

Cultivé, d'où la fleur n'excluait les chardons.

Ce temps, ce qu'il nous prit, ce que nous en gardons

Nous ôte, avec l'espoir, le désir qu'il renaisse.

Ce feu nous redira ce que vaut la jeunesse.

Il se consumera comme s'est consumé

Notre amour, non moins mal s'il meurt ayant fumé.

Mais un instant de flamme assagie, en révolte,

Vous aura figurée en toute désinvolte

D'allure et de caprice, et je vous aimerai

Encore, et, pénitent, je vous pardonnerai.

ÉLÉGIE URBAINE

Du trottoir de la rue où François de Tournon,
Ou Philippe, on ne sait lequel, figure en nom,
Un bec de gaz jailli voisinait nos fenêtres.
De notre entre-sol bas non distant de trois mètres,
Ce bec, d'un mince écart des rideaux, toute nuit,
Caressait d'un or blanc les draps de notre lit.
Le rayon plus vivant que la clarté lunaire,
Silencieux comme elle, en sylphe imaginaire,

Sans ailes, prolongeait au plafond du réel

Citadin corrigé par du rêve, Ariel.

Des poètes en Grèce ont vécu les Cyclades

Où les trembles pour eux ne pleuraient qu'héliades ;

En Perse Hafiz vécut des vignes de Schiraz ;

Les poètes du Nord vivent des becs de gaz.

AQUARELLE

AU JARDIN

———

Elle passe le long des verdures ; son pas
Est du rythme sans bruit, visuel, dans l'allée ;
Et la manche de sa chemisette est ailée,
Et l'on pense aux oiseaux fleuris des catalpas.

Quoi de plus ? Elle est vue et ne regarde pas.
Que sa simplicité soit naïve ou stylée,
C'est la fraîcheur qu'un voile abrite, obnubilée,
Et qui ne veut servir au soleil de repas.

Dans le fond du jardin demi boisé, les branches
Changent l'or du soleil en des piécettes blanches ;
La frappe des rayons y fait art merveilleux.

Écorces, feuilles, fleurs, en touche d'aquarelle,
Reçoivent la monnaie argentine ; elle a mieux,
Les rayons sont vivants et papillons sur elle.

L'ARBRE

Je consulte au jardin, lorsque le soir s'orange
    Dans la sérénité,
L'arbre où se fait du jour contre la nuit l'échange,
    En des douceurs d'été.

La cime à claire voie, en frissonnis de tulle,
    A la légéreté
D'une ode *ad Lydiam* ou du deuil que Catulle
    A Lesbie a prêté ;

Ou, mais j'en rabats trop, l'émoustillé feuillage

      Joue à la miévreté

D'une ariette au temps du Devin de Village

      Et des pas de Duthé.

C'est la bonne leçon des feuilles, ces dactyles,

      Ces rimes en français,

Dans le poème vert des valeurs intactiles

      Aux imprudents essais.

L'ORME CREUX

L'orme à bout d'âge a vu les siècles sur sa tête
Passer, ainsi qu'autour de lui naître et mourir
De l'histoire, et tantôt dans les guerres courir
L'heure en effroi, tantôt, paix calme, l'heure en fête.

Dix générations d'hommes ont vu son faîte
Monter, et plus de poids chaque année alourdir
Son feuillage, et toujours cette ombre s'arrondir
Où les nids retrouvaient l'ancienne branche prête.

Puis le temps le creusa. Pour parois, l'aubier seul.

Un kiosque naturel, dans le corps de l'aïeul,

Reçut deux escabeaux, une table et des verres.

Enfin, décapité, le tronc au dernier heurt

Du vent résiste, et son écorce aux plis sévères

Conserve pour panache une branche qui meurt.

LE HOUX

On craint le houx, pourquoi ? Sa feuille dans les haies
Pique ; elle tranche en noir dans les verdures gaies.
Qu'importe ? Il est l'Alceste intransigeant des bois,
Et, bourru, se trahit bienfaisant aux temps froids,
En livrant aux oiseaux de décembre ses baies.
Il est noble, il est peuple et suspect aux bourgeois ;
Car le cabaret l'aime et l'offre aux bonnes paies,
Aux bonnes soifs, en signe, en appel projeté
De sa porte, aux passants de pharynx irrité.

DERNIER SONNET AUX TILLEULS

Tilleuls, je vous reviens, pieux envers Baucis.
La fatidique horreur des chênes de Dodone
N'est en vous, mais la paix que l'âge aux vieillards donne ;
Celle de ceux chez qui les dieux se sont assis.

Les Muses ont en vous leur retrait, au lacis
De vos branches, l'air même à leurs rythmes s'ordonne ;
L'abeille d'Aristée, invisible, y bourdonne ;
La Lyre y dit Achille, un deuil de flûte Acis.

18

Et je crois vous entendre à l'heure du silence,
Pleins de voix, pleins de chants, bien plus que de science,
Et pour ce défaut là je suis de vos filleuls !

Ces vers ne sont que traits mal empennés, sans force.
Le vœu qui les lança les suit vers vous, tilleuls !
Puissent-ils ne tomber qu'en touchant votre écorce.

LE PETIT FEU

Le pauvre petit feu qu'avait la bonne femme !
Deux courts morceaux de bois, s'entr'aidant de très près
A finir, y causaient de lointaines forêts,
Dans la communion d'une mourante flamme.

Sur leur accord courait comme une légère âme.
Que cherchait-elle en eux la vieille aux yeux distraits,
Et que lui rappelait, heur ou malheur, souhaits
Satisfaits ou trahis, sa bûchette qui pâme ?

L'ombre qui fait rêver semblait, s'embrunissant,
Permettre un œil plus vif au tison finissant ;
La bonne femme ouvrait les mains vers la bûchette.

A quel ressouvenir, deuil, joie, orgueil, amour,
Remontait-elle alors, la pensée en cachette,
La lampe encor n'ayant étoilé l'abat-jour ?

LE MOINE TERRÉ

L'homme peut envier les lapins dans leurs trous.
En bon contact avec la terre maternelle,
Abri, conseil, défense, ils trouvent tout en elle,
Y défiant les chats, les chiens courants, les loups.

Le thym les grise : l'homme, un triste plante-choux !
Eux, roulés dans leur poil qui vaut de la flanelle,
Se dorlotent ; le jour ménage leur prunelle
En de sains culs-de-sac, inconnus des grisous.

L'ermite se défend du diable entre des roches,

Mais le diable a bon masque et mène ses approches

Dans la peau d'un petit cochon, rusé groin.

Les lapins ont beaucoup des prudences du moine,

Mais pour eux, et malgré leur plus profond recoin,

La fouine est le petit cochon de saint Antoine.

GUITARE A DEUX CORDES

La guitare est la cigale
De nerfs, d'écaille et de bois,
Qui prête deux sons aux doigts,
De note à peine inégale.

Le chant gracile est tiré
De deux cordes ; l'air qui tremble
Ne s'élève pas et semble
Un lent appel soupiré.

Et cet air est synthétique ;
Il dit de la même voix
Plaisir et peine ; à la fois
Pleureur, calmant, pathétique.

Le rythme n'est qu'engourdi ;
C'est de la chair et de l'âme ;
Du sommeil sur de la flamme,
De la torpeur de midi.

Les deux cordes souffrent presque
Avec des accords humains,
En prolongement des mains,
En fibres de cœur moresque.

Elles vivent ; un esprit
Qui se résigne y murmure
La longue sagesse mûre
Et soumise : il est écrit ;

Ou, moins que cela, le rêve,

Qui n'arrive nulle part;

Le rêve, qui des doigts part,

Dans le chant qui meurt s'achève.

SOUVENIRS ET FANFARES

Ne dites pas qu'ici de vains restes demeurent,
Ils sommeillent ; jamais les gens de bien ne meurent.

(Callimaque).

A LA FORÊT DE CRÉCY

GLORIOLE ÉLÉGIAQUE

———

Quand je froissais cavalier,
Forêt, le vent dans tes laies,
Je ne craignais ni les plaies,
Ni les bosses ; le hallier

Ne m'eût dit : prends garde aux branches ;
Les lèvres de ma jument
Secouaient allègrement
De légères mousses blanches.

Comme alors les hallalis,
La trompe enfièvrant les hêtres,
Emportaient bottes et guêtres
Dans les griffes des taillis !

Mes compagnes les meilleures
De ce temps, quand j'y revis,
Furent, — cœur, m'est juste avis
De les rappeler aux heures, —

Furent, dans l'ordre épinglé
Sur mes souvenirs sans fuite,
L'eurythmique Favorite,
Trot, galop, feu, mais réglé ;

Korrigane, et la très fière
Brave, en son modeste nom,
De rein, de col, de canon,
L'irréprochable Ouvrière ;

Puis celle qui ne céda
A nulle autre, de nom mâle
Mais fleuri de fleur, qu'un hâle
Suit d'Afrique, Réséda.

Éclair ! liés par la selle,
Nous n'étions à deux qu'un vol,
Un corps, joie à double col,
En la vie universelle.

Mais tes arbres ont souci
Moins d'un vieux regret qui passe,
Que des feuilles qu'un vent chasse,
Forêt, gloire de Crécy.

Entretiens de ma 87e année, octobre 1908.

UN SIMPLE

———

Mi-vieux, ne faisant bruit, mais de valeur au moins
Dix fois supérieure à celle du paraître,
Ses scrupules lui défendaient de reconnaître
En ses vertus sinon d'ingénieux témoins.

Il gardait pour lui-même, en lui-même, des coins
De profonde retraite et n'osait se permettre
Qu'un souhait : passer simple entre les simples, n'être
Qu'un semeur anonyme ouvrant dans l'air ses poings.

Jamais autour de lui les clinquantes fortunes,
Les grandeurs, ne prenaient figures importunes ;
Il n'avait jalousie, envie, ambition ;

Il ne désirait : rien n'ayant rien à lui dire ;
Indulgent de nature et d'acquisition,
Il ne s'indignait pas, plaignait, aimait sourire.

RAVAGEOT

———

Ravageot est un sage et qui ne s'émoustille
Sans motif ; pour agir, il faut qu'une raison
L'émeuve ; alors il part ; une démangeaison
Suffit pour qu'il se gratte où la peau le titille.

Un jour, la qualité de père de famille
Lui vint ; il n'en tira gloire pour sa maison ;
Philosophe pratique, il dort sur le gazon,
En choisissant la place ou mieux le soleil brille.

De couleur franciscaine, il n'a pas grand souci
De son froc ; il trottine en libre grâce ; aussi
N'a-t-il rien d'un bichon de haute ou basse gomme ;

Digne, il n'est minaudier, poseur ou turlupin,
Et l'on n'a jamais vu ce sage imiter l'homme,
Que lorsqu'il ronge un os ou poursuit un lapin.

ANDORRE

Je ne l'ai visitée et ne veux pas la voir,
La république au nom qui caresse et qui dore,
Et sonne avec l'ampleur musicale d'Andorre,
Entre l'écho des monts, remparts et réservoir.

Le réservoir lui donne, — ainsi l'on voit la Dore
Et la Dogne s'unir, — deux sœurs que le devoir
Rapproche dans la plaine, où, pour les recevoir,
Le val se fait plus large et l'écho moins sonore.

C'est en moi que je veux, ce val, le regarder
Plus vrai qu'il n'est, et pour purement la garder,
La république fière en la nature grande.

J'ai peur : si, vu de près, ce val arcadien
N'était, bourgeois d'ailleurs, qu'un nid de contrebande,
Et n'avait que son nom qui chante pour gardien ?

VERSAILLES

Sur tes marches de marbre rose,
Versailles, tout n'est effacé,
Musset a, sous les pieds de Rose,
Vu renaître tout un passé.
Bien hardi le regard que j'ose.

Tu n'es déserte ni morose.
Ceux qui ne vivent que d'instants

Te disent la cité momie ;

Pour ceux qui vivent dans les temps,

Tu n'es la Palenque endormie.

Ton parc est plein de promeneurs

Qu'un écolier peut reconnaître.

Belles dames et grands seigneurs

S'y font assaut ; d'abord le maître,

Le roi Louis ; il est trop mort,

Négligeons-le ; sa mine fière

L'ankylose ; mais La Vallière

S'avance, boîtant non très fort,

Avec la nonchalante grâce

Qu'elle avait au monde ; marchant,

L'œil en rêve, elle va cherchant,

D'une allée à l'autre, la trace

De ses remords chers ; Montespan,

Belle encore, mais en la mémoire

Les flambeaux d'une messe noire,

Cherche l'ombre en arrière plan ;

Fontanges, des nœuds sur la tête,

Et riant comme on n'a pas ri,

Éclair et quelquefois tempête,

N'a le temps de voir sur la fête

Un sablier demi tari.

Il tombe une fraîcheur exquise

Des charmilles non loin des eaux ;

Françoise, — mais où la marquise

De Maintenon ? — sous ces arceaux

Rapporte, d'âme reconquise,

La Martinique à Villarceaux.

Retour menteur d'une minute ;

L'heure est aux conseils, à la lutte,

Aux Cévennes ; sous ses sourcils

Un œil aux monts qu'on exécute,

L'autre aux affaires qu'on discute,

Les deux sur le roi, grands soucis.

Un nouveau siècle avec les Nesles
Passe en trio familial ;
N'appuyons ; très peu lilial
Le commun loyalisme en elles.
Mais voici l'orgueil des prunelles :
D'abord, la dive Pompadour,
Nom pris, Bernis eût pu l'écrire,
Pour la pompe au ciel de l'Adour ;
Puis du Barry, le propos-rire,
Dans un cercle d'intimité
Où le café fuit les bouilloires.

Entre les féminines gloires
D'autres méritent équité,
Saluons ; voici les poètes
Latins mêmes : Santeuil vaut bien
Qu'on le nomme ; un musicien :
Lulli, des notes toujours prêtes ;

21

Boileau, la rime en démêlé,
Mais ne doutant de lui ; Racine
Plus craintif, la Grâce divine
Entre Euripide et Champmeslé ;
Molière enfin et ceux qui plurent
Un jour et, sauf ici, moururent.

Parmi les seigneurs, quelques-uns
De ceux, parc, qui te parcoururent
Méritent mieux que les Lauzuns.
A l'écart s'indigne l'Alceste
Du bougon ; La Rochefoucauld
Égoïse ; Vauban d'un geste
Dessine un rempart ; — pour le reste,
Ceux dont l'esprit n'est que du zeste,
Le mieux est de se tenir caut.

En toute fleur retardataire,
Surtout d'automne, est inséré

Un symbole ; il n'est solitaire

Ton parc, Versailles ; délivré

Du temps, hors des heures ingrates,

Il est ; il n'a soupçon des dates ;

Il demeure le bois sacré.

FONTANGES

———

Ce qui d'elle nous plait, ce n'est pas la conquête
Du roi qui fut emblème au soleil ; ce n'est pas
Le teint dont un baiser ne fit qu'un court repas,
Ni même l'impromptu d'un ruban sur la tête.

Non, c'est que son duché d'Auvergne mit en fête
Vos sauvages fleurs d'or, genêts, dans les lampas
De Versailles, et la bourrée aux libres bras,
Dans la pavane grave aux révérences prête.

L'Auvergne est haute et douce avec ses yeux noyés
De Dordogne, ses puys, ses chênes éployés,
Sa belle humeur entrée en la gaîté soumise

De Fontanges disant — le mot était de mise
Dans le palais solaire — : Est-ce que vous croyez
Que l'on quitte un roi comme on jette sa chemise ?

POUR MLLE DUPARC

A MOLAND ÉDITEUR DE MOLIÈRE
CHEZ GARNIER

———

Voulez-vous, familier du palais et du parc,
Faire agréer ce mot d'Arsinoé Duparc ?

Qui fixera, Duparc, dans une gemme exquise
Ce charme façonnier qui de toi fit Marquise ?
Racine pour ta Grâce oublia Port-Royal ;
Si Molière n'obtint, de procédé loyal,
Tu ne jouas pour lui les Célimènes. Certe
N'était facile à tous le cœur de Mélicerte.
La Fontaine eût voulu... Mais tu ne contristas
Que sa distraction. Corneille... tu traitas

Légèrement son jeu, non par pose tragique,

Mais parce que, malgré la hautaine logique

D'un fort beau madrigal, il n'offrait plus, bourgeois,

Marguillier, qu'un Rodrigue en rabat à tes choix.

Maintenant, quoique à tant de triomphe liée,

Ta mémoire, Andromaque, est du monde oubliée,

Comme tes pleurs, Elvire, et ta malignité,

Dorimène, et, Duparc sans plus, l'autorité

De la danse en ta robe aux deux côtés fendue.

Ta figure par les trois maîtres confondue,

Simple accessoire en leurs chefs-d'œuvre, je ne puis

Te la bien rendre, pauvre amateur que je suis !

Je ne dois cependant démunir ces grisailles

D'un lustre : ta beauté. Les fêtes de Versailles

L'ont connue ; en ces jours, le palais des splendeurs

S'émut de quelque chose au-dessus des grandeurs.

PICARD ET DU PONTHIEU

———

Le bon vin de Bourgogne et le cidre Normand
Dans mon sang, dans mon cœur, ont confondu leur force;
Mais je n'ai pris du cep capteur la vrille torse,
Ni d'un pépin le goût du subtil argument.

Peut-être le pommier m'a-t-il complaisamment
Donné fraîche la face, et la vigne, où se corse
La vie, une souplesse avec vigueur au torse ?
Ces neutres qualités me touchent froidement !

Je suis tout du Ponthieu, le comté maritime ;
J'aime son fleuve teint par ses bords, et j'estime
Ma ville athénienne un peu, devers Caubert.

Un mont semble sortir de mes carnets, l'Hymette,
Sauf un détail : le miel qui reste aux fleurs s'y perd,
Et pour y voir l'abeille, il faut que je l'y mette.

TABLE

TABLE

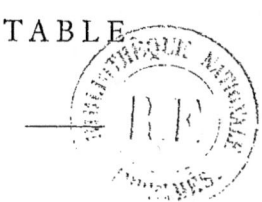

VERS DE CHAMBRE

AU JOUR LE JOUR

SOUVENIRS ET FANFARES

TABLE 169

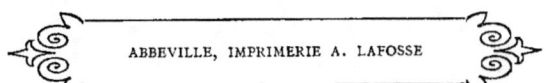

ABBEVILLE, IMPRIMERIE A. LAFOSSE